그림약국

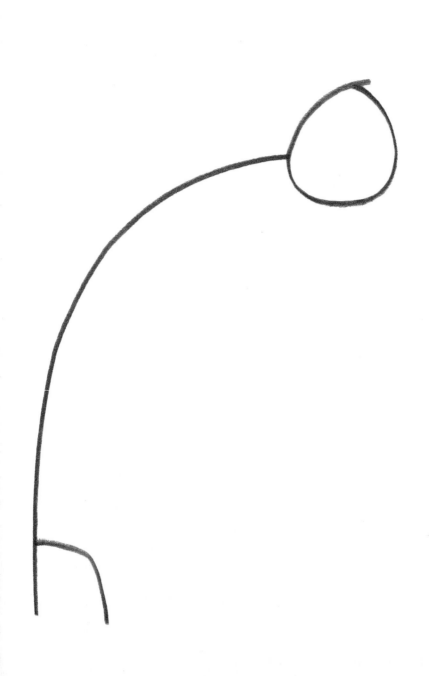

얼굴의 어원은 얼꼴,
얼(영혼)의 꼴(모습)이란 의미를 담고 있지.

그러니까, 네 얼굴 표정은 네가 그려 넣는 거야.

표정은 어떻게 타고났는가보다는
어떻게 살아왔는가, 어떻게 사느냐의 문제이거든.

그림약국

그림약국 처방전

그림의 어원은 그리움이라고 한다. 그리운 마음을 그려서 드러내 보이는 것이 그림이라고 한다면, 그림의 질료는 단연코 사랑이라 말할 수 있다. 어느 날 갑자기 병이 찾아오듯, 영원히 기쁨으로 충만할 것만 같았던 사랑도 어느 순간 아픔으로 변할 때가 있다. 누군가를 생각할 때 기쁨보다 슬픔이 먼저 찾아온다면, 당신의 사랑은 어딘가 아픈 것이 분명하다.

언어가 달라질 때, 사랑은 어긋나기 시작한다. 서로 눈빛만 쳐다봐도 알 수 있었던 마음이었지만 시간이 흐를수록 변명과 설명이 늘어간다. 언어만 난무하는 고통과 상실의 시대, 아픈 사랑의 치유를 위한 처방전을 쓰고 그린다. 백 마디 말과 백 줄의 문장보다 한 장의 그림이 더 가슴에 와 닿을 때가 있다. 사랑은 언어와 문자 이전에 오는 것, 문자 이전에 인간은 어떻게 소통했는가를 생각한다.

말이 없다고 마음이 없는 것은 아니며, 보고 듣지 못한다고 해서 마음속 사랑의 느낌마저 없는 것은 아니다. 사실, 우리 귀는 이 우주가 내는 소리의 극히 일부분만을 받아들이고 있지 않은가? 듣기 쉽지 않은 작은 몸짓의 속삭임, 그것은 마음으로 들어야 한다.

세상의 모든 사랑은 사랑의 결핍으로부터 시작된다. 사랑의 결핍을 보충해 주는 방법은 사랑밖에 없다. 사랑이라는 이름 아래 상처받지 않은 영혼이 어디 있겠는가. 사랑하고 싶다면, 먼저 귀를 기울이자. 사랑하고 있다면, 사랑하는 이가 말하는 마음의 언어를 듣고 또 배우자.

2014. 7. 23 박후기

차례

그림약국

ⓒ박후기 2014

초판 1쇄 발행 2014년 7월 23일

글 그림 박후기

펴낸곳 도서출판 가쎄 [제 302-2005-00062호]

주소 서울 용산구 이촌동 302-61 201
전화 070. 7553. 1783
팩스 02. 749. 6911
인쇄 정민문화사

ISBN 978-89-93489-41-5

값 15000원

그림약국, 시작합니다

네 삶의 무게가 내 기쁨의 무게였으면 좋겠어

자, 내가 엎드릴게.
엎드린 내 마음에 걸터앉아 편히 쉬었으면 해.
네가 길어 올린 삶의 무게가 내 기쁨의 무게였으면 좋겠어.

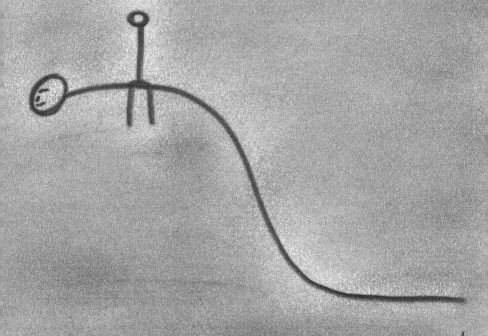

누군가에게 힘이 되고 싶다면, 힘이 되어 주고 싶은 사람의 뒤를
따라 10분만 걸어볼 일이다.

생각해보라. 지금까지 우리는 주로 누군가의 앞모습만 보아왔다.
나를 기다리는 앞모습, 내게 달려오는 앞모습, 나와 마주보는 웃
거나 상기된 얼굴들…….

그러나 그 사람 당당한 앞모습을 밀고 오는 것은 앞모습에 가려진 힘겨운 뒷모습이란 것을 잊지 말자. 그 사람 나에게 당도하기 위하여 얼마나 많은 불면과 떨림과 희생의 각오를 다지며 길을 건너왔을까 생각해보자. 그 사람 내 앞에서 환하게 웃기 위하여 얼마나 많은 시간을 돌처럼 인내하며 살아가는지 생각해보자.

그러므로 우리는, 어느 날 우리에게 다가서기 위해 힘겹게 앞날을 밀고 가는 누군가의 생애를 말없이 한 번쯤 뒤에서 안아줄 일이다. 목마를 타는 아이가 아빠의 거친 이마를 부드럽게 끌어안는 것처럼, 그렇게, 나비의 날갯짓과도 같이.

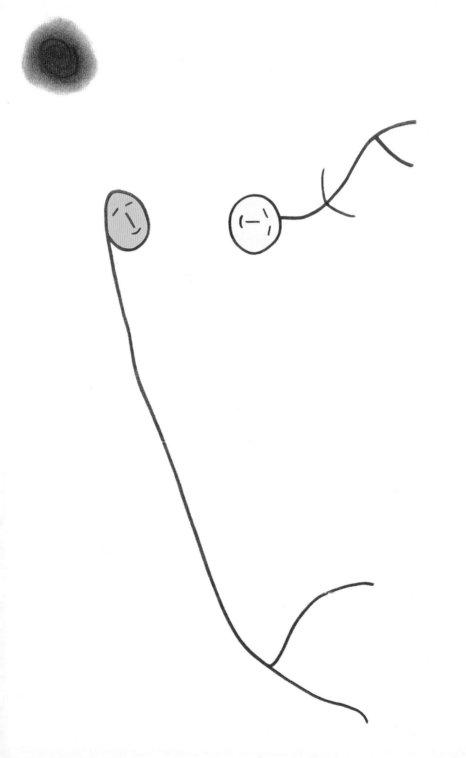

봄엔 사랑도 좀 자라야 해

너는 나의
노란 애기똥풀이야.
널 쳐다보느라
자꾸만 내 목이 길어져~
내 목이 좀 길어도
창피하지 않지?

들려주기보다 들어주기

너에게
많은 이야기를 들려주기보다
많은 너의 이야기를 들어줄게.

철봉은 힘이 세다

버티면서 사랑하는 것보다
사랑하면서 버티는 것이
훨씬 힘이 세다는 것을
우리는 알아야 해.

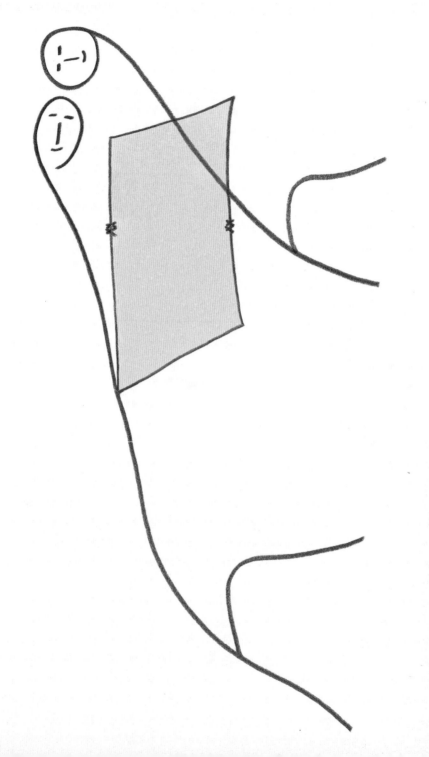

무엇이든 들어줄 것

사랑한다면
손 맞잡고 이야기를 들어줄 것.

배짱장도 함께 들어줄 것.

항복하면 행복해

사랑은 조건 없이 투항하는 것.

날 받아줘.
너에게 무조건 항복할게.

항복하니 행복해.

나는 너다

뫼비우스의 띠처럼 사랑은 반복이다.
너와 나의 구분이 소용없는,
끝없이 마음을 드러내는 행위의 반복이 사랑이다.

반복이 지겨워질 때가 오는데,
그것은
이미 내 안에 사랑이 없기 때문이다.

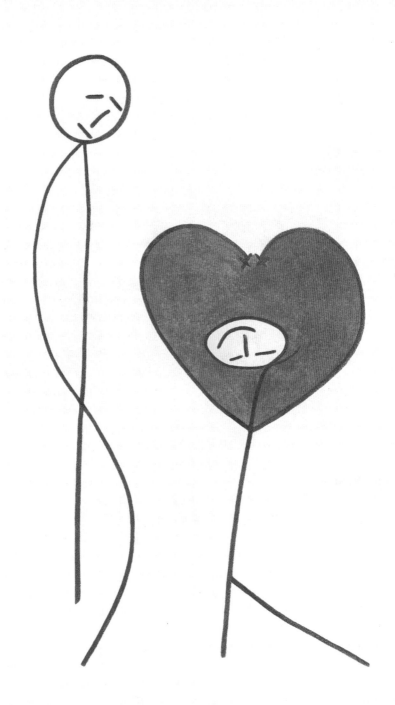

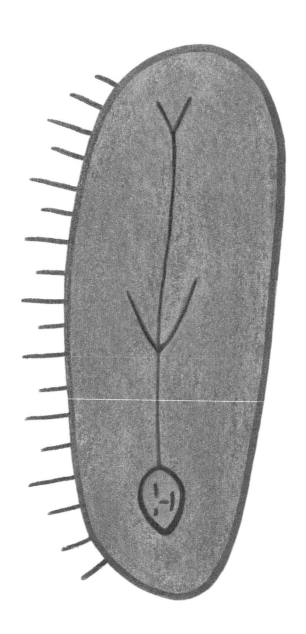

나는 내 눈 속의 물고기

나는
네 깊은 눈 속에
사는 물고기

내 눈을 벗어나서는
살 수가 없지.

오직,
네 눈 속에서만
헤엄치고 싶어.

내 맘을 고쳐 줄 거지?

내 말을 들어주는 청진기,
당신만이 내 의사야.

언제나 내 맘을 고쳐 줄 거지?

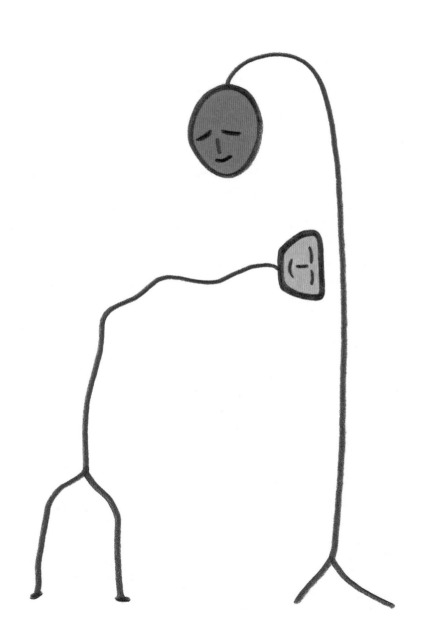

흉터 안 생기는 사랑

사랑을 하면
꼭 흉터가 남더라.

넌 내게
흉터 안 생기는
그런 사랑을 해 줄 거지?

사랑의 와이파이

난 언제나
너의 사랑을 수신해야 해.

너도 언제나
나의 사랑을 100퍼센트
수신해야 해.

사랑은 서로
마음이 잘 터져야 해.
터지지 않는 사랑은 답답해.

가장 치열한 용서는 잊지 않는 것

억울하게 죽어간 아이들의 슬픈 눈을 그려 넣으며 나는 생각한다.

살려달라는 애절한 눈빛과 마지막 절규를 외면한 자, 함부로 용서
하지 마라.
가장 치열한 용서는 잊지 않는 것이다.

어제까지 나와 전혀 상관없다고 여겨졌던 일들이 오늘 아침 나의
현실이 되어버린다.

사실, 당신과 상관없는 일들은 일어나지 않는다. 더 이상 울 수
없게 된 옆집 개의 죽음마저도 당신의 일상에 미묘한 변화를 불
러온다.

나만 피해 가는 불행은 없다.
끊임없이 의심하라. 그리고 당신 눈을 감기게 하는 안락의자의
흔들림을 경계하라.

타인의 고통을 외면할 때, 당신이 오랜 시간 고생해서 겨우 붙잡아 놓은 아침 식탁 앞의 작은 평화도 어느 순간 힘없이 깨지고 말 것이다.

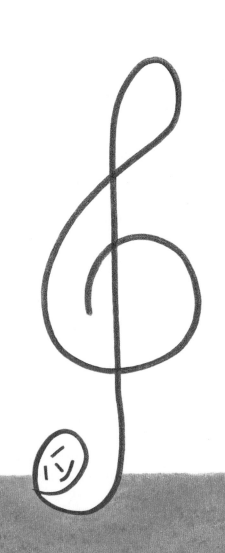

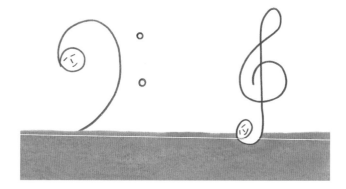

키 작은 슬픔

낮은음자리표는
키 작은 슬픔이지.
운명을 떠받치고 살아가야 하는
검은 노예의 서글픔 같은 것.
그런 게 운명이지.

극복한다는 것

높은음자리표는
거꾸로 선 기쁨이야.
물속에서 숨을 참는
싱크로나이즈 선수처럼.
그런 게 극복이란 거야.

의자가 되어 줄게

삶이라는 망망대해 위에서
잠시 쉬고 싶을 땐
언제든지 말해.

내가
의자가 되어 줄게.

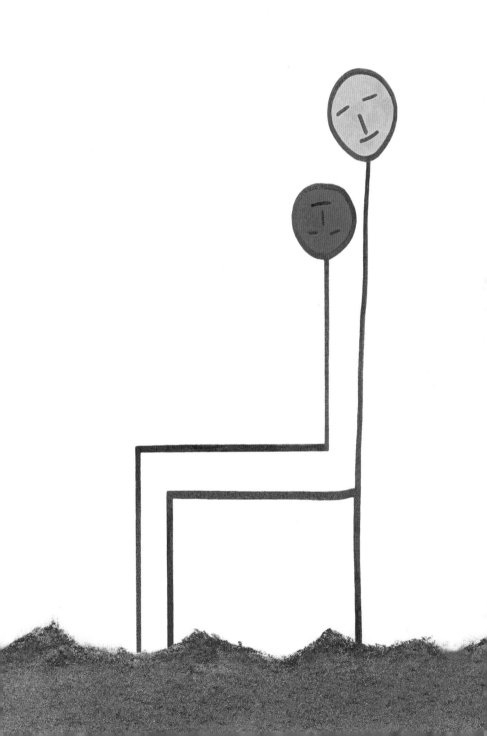

건너가렴

이 험한 세상,
내가 너의
다리가 되어줄게.

아버지 죽던 날

아버지는 앞만 보고 살았지만,
언제나 뒤가 무너졌다

나는 페치카 옆의 카나리아,
연탄가스를 마시며 놀았다

구멍보다 틈이 무섭다는 것을
나는 안다

- 시 「폐광」 중에서

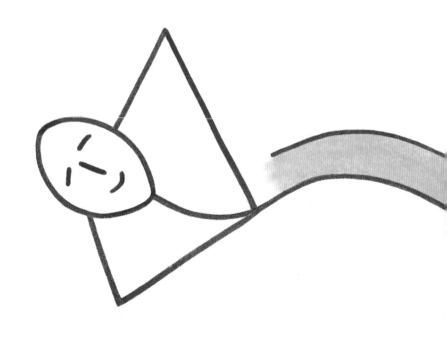

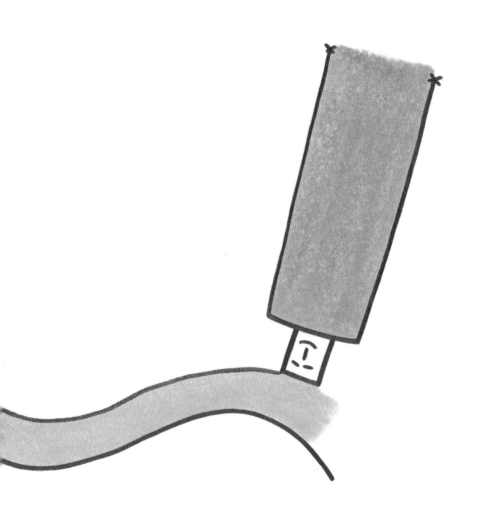

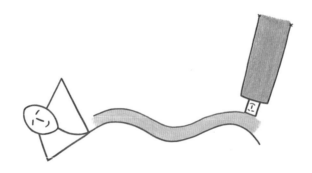

너라는 연고

상처받지 않은 영혼은 없다지.
난 온몸이 상처투성이야.
그러니 사랑이 주성분인 연고가 필요해.

몸져누웠다는 말

몸져누웠다는 말.
몸이 졌다는 그 말.
어느 집 마당에서 느닷없이 목련꽃이 지듯이 누군가 졌나는 말.

감기를 한자로 쓰면 '感氣' 가 된다.
쇠잔해진 기(氣)가 느껴진다는 말.
얼마간 져주는 것도, 사나흘 누워 지내는 것도 기력을 회복하는
방법이려니.
사랑, 어차피 내 몸에 들어온 이상 앓는 수밖에.

물 위에 뜬 꽃잎을 슬며시 뒤집어본다.
그래, 젖은 생의 뒤편은 언제나 쓸쓸한 것.

누군가 말했다.

"목련은 너무 지저분해요."

처절하게 바닥에 널브러진, 상한 꽃의 어두운 색을 보고 한 말인 듯싶었다.

그런가?

내가 알기론 꽃 중에서도 가장 꼿꼿한 꽃이 목련이다. 자세히 살펴본 사람이라면, 목련 꽃봉오리들이 모두 하늘을 향해 그 끝을 겨누고 있거나 가슴을 열고 있다는 것을 알 수 있을 것이다. 어느 가지 어느 꽃송이 하나 바닥을 기웃거리지 않는다. 겨울부터 허공을 뚫고 있는 봉오리들 역시 다르지 않다.

오로지 한 곳만 응시하며 후회 없이 피고 진 모습이라면, 저토록 처연한 마지막을 갖더라도 괜찮은 삶인 것이다.

사랑 파업

사랑도 가끔은
파업을 용납해야 할 때가 있다.

타협을 모르는 사랑은
대화를 모르는 사랑이다.

12월의 기다림

12월에는
누군가를 기다리는 밤,
불안과 다투는 시간이
짧았으면 좋겠어.

눈물이 촛농처럼
내 볼 위로 흘러내리는 시간이
짧았으면 좋겠어.

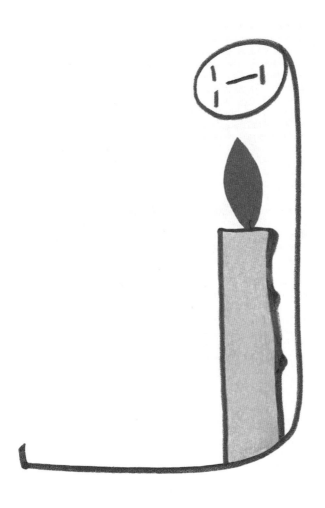

사랑의 무용총

벽화처럼
사랑할 것.
묵묵히,
그러나 춤을 추듯
사랑할 것.

사랑한다면
역사보다 오래 남는 그리움으로
누군가의 가슴에 그려질 것.

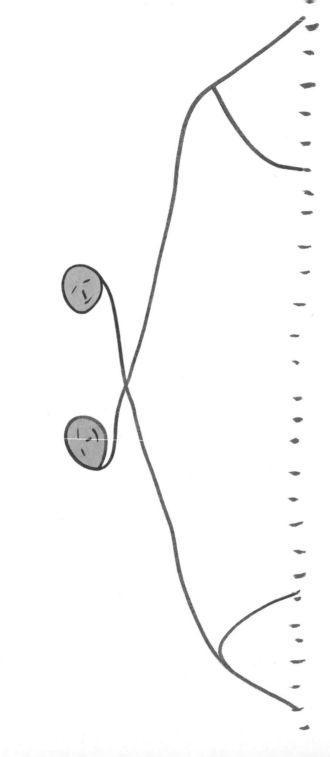

브라키오사우루스의 사랑

목이 긴 초식공룡처럼
순한 네가 좋아.

목이 긴 그리움으로
날 기다려주는
네 한결같은 마음이 좋아.

파종기

외떡잎식물은
혼자라서 외로울 것 같으니까.

우린
쌍떡잎식물이 되자!

봄을 보다

봄은 본다는 말.
거친 겨울을 건너 내게로 온 졸린 눈의 너를.
그리고 새싹과 서툰 몸짓의 첫 꽃을 본다는 말.

본다는 것은 가진다는 것과는 다른 말.
가졌다고 생각하는 순간 사랑도 사람도
툭, 지고 마는 것.

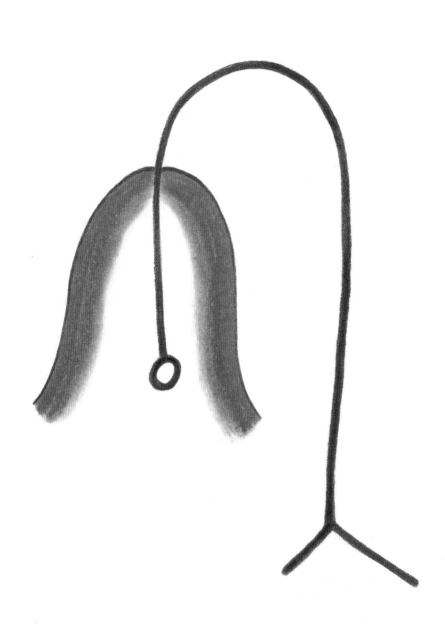

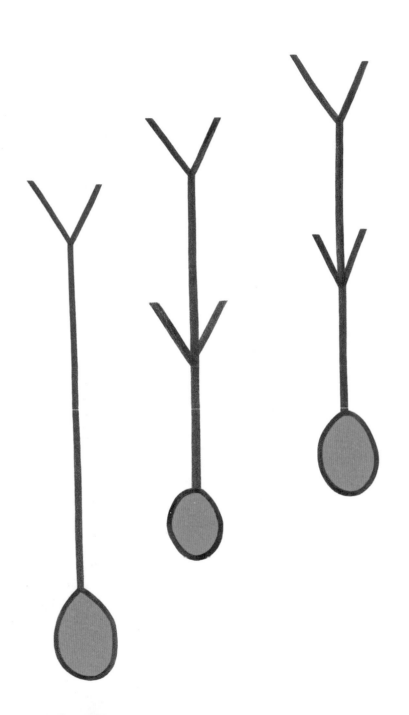

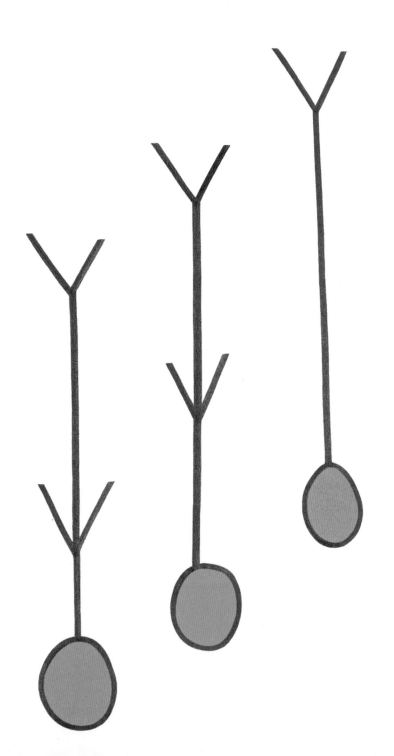

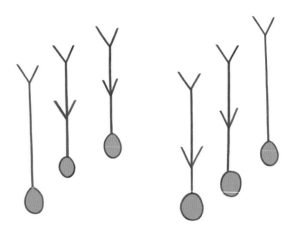

비로 내리는 당신

비 오기 전의 적막이 나는 좋다.
쏟아지기 직전의 망설임 내지는
마지막 다짐 같은 게 느껴지므로.

오늘은 당신이 비가 되어 내렸으면 좋겠다.
내 마음이 젖거나 말거나.

힐링, 즉 치유란 비 오는 날 유리창 위에 아슬아슬하게 매달린
물방울 상태인 자신을 인정하는 것으로부터 출발해야 한다.

술 좀 그만

술 좀 쉬고,
숨 좀 쉬자!

사랑은 그런 거 아니야

사랑은 그런 거 아니야

사람만 겪고 살아온 사람은 눈물을 모르고,
사랑만 받고 살아온 사람은 눈물밖에 모른다.

사랑은
너 죽고
나 죽는 게 아니야.

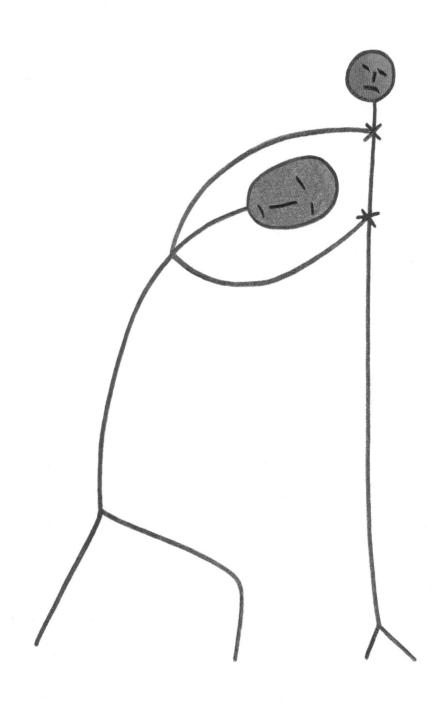

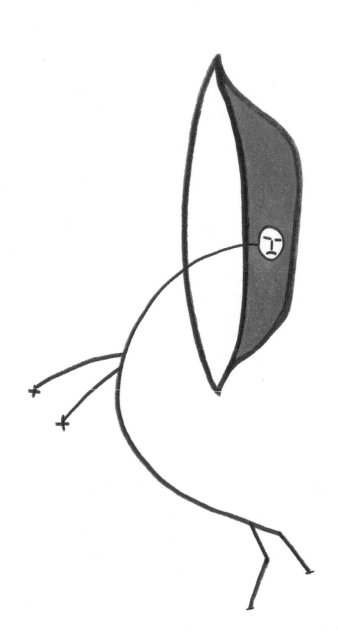

헤어질 때

물 먹인다는 말의 뜻은
누군가를
곤경에 빠뜨리는 것을 의미한다.

헤어질 때,
웃지는 못할지라도
서로에게
물 먹이는 일은 없었으면 좋겠다.

나에게서 내리고 싶은 날

나는
몇 개의 가면을 바꿔 쓰며 살아가는 것일까?

가끔은
나에게서 내리고 싶은 날이 있다.

처방전 이름은 아프락사스

"새는 알에서 나오려고 투쟁한다.
알은 세계이다.
태어나려는 자는 하나의 세계를 깨뜨려야 한다.
새는 신에게로 날아간다.
신의 이름은 아프락사스."
- 헤세

태어나려는 사랑은
과거라는 또 하나의 껍질을 깨뜨려야 한다.

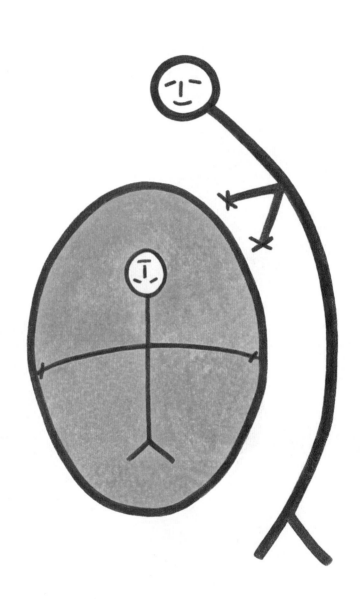

너의 기도를 들어주고 싶어

가끔은
하느님 말고
너에게만
내 기도를 들려주고 싶어.

또 가끔은
십자가에 매달릴 수는 없겠지만,
내가
너의 기도를 들어주고 싶어.
내가
너의 소원을 들어주고 싶어.

너라는 이름의 병을 앓고 싶다

우리는 각자 병명을 움켜쥐고 산다.
배가 아플 땐 배를 움켜쥐고 살고, 머리가 아플 땐 머리를 움켜쥐
고 산다.
그리고 너라는 이름의 병을 앓고 있을 땐 저린 가슴팍을 움켜쥐고
산다.

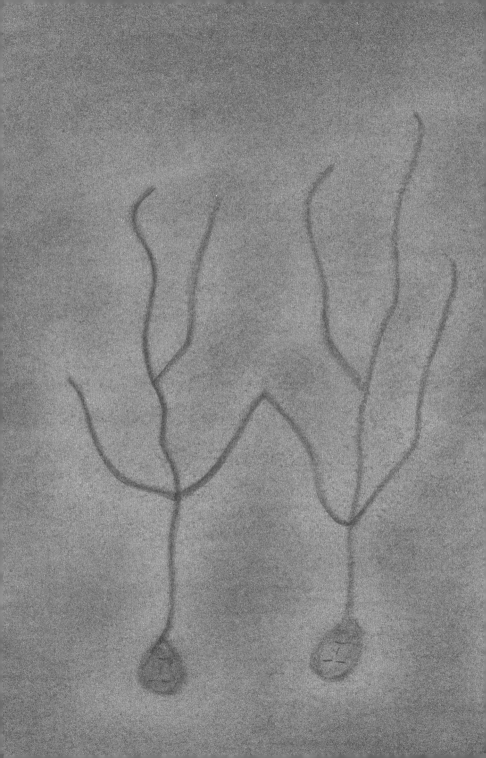

우리 몸은 유기적으로 연결돼 있으며, 외상을 제외하고 어느 한 곳에 문제가 생길 때 그 원인은 다른 곳에 있는 경우가 많다.

가령, 식사 후 양치를 거른 적 없는 당신의 입에서 냄새가 난다면 그것은 칫솔이나 혀의 문제보라기보다는 위장 등 소화기 계통의 문제일 가능성이 크다. 또한, 눈동자에 누렇게 황달이 들었다면 당신은 분명 간의 이상을 의심할 것이다. 입 냄새가 난다고 칫솔을 바꾼들, 눈동자 색이 변했다고 안약을 쓴다고 한들 무슨 소용이 있겠는가. 모든 질병에는 원인이 있다. 원인을 알기 전에는 어떠한 처방도 무의미하다.

내 가슴에 생긴 통증은 너라는 사랑 바이러스 때문이다.
사랑이란 게 감기와도 같아서 치료약이 따로 없으니, 그저 따뜻한
이불 속에 서러운 가슴을 묻고 몇 날 며칠을 앓는 수밖에 없는 것
이다.

사랑의 역진화론

- 유아기
너만 알고
너만 찾지.

- 유인기
너 없으면
나도 없어.

- 발악기
너 아니면
나 죽는다!

- 포기
잘 먹고
잘 살아라.

- 오기
잘 먹고 잘 사나
어디 한 번 두고 보자.

어린 왕자도 아는 사실

잡아먹을 듯이
누군가를 괴롭히는 자들은 알고 있다.

두려움과 자포자기 앞에서
인간은 쉽게 길들여진다는 것을.

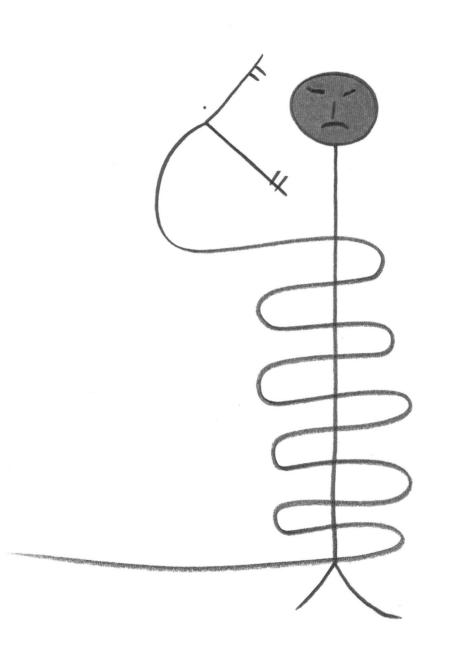

들다(lift)와 듣다(listen)

너의 하루는
언제나 무거워.

하지만 걱정 마.
내가 다 들어줄게.

사랑은 들어주는 것!

내 귀는 거짓말을 사랑해

날 사랑하지 않는다는
너의 그 말을
나는 믿고 싶지 않아.

나는
너의 그 거짓말조차 사랑해.

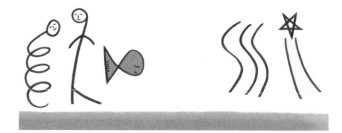

천천히 온다는 것

천천히 온다는 것,
그것은 내게 당도하지 않을 확률이 높다는 것.
아니,
당도하더라도 순식간에 나를 스쳐 지나갈 확률이 높다는 것.
봄, 당신, 도다리, 쑥, 아지랑이, 혜성, 그리고 어젯밤의 별빛.

그러니까, 천천히 온다는 것은
내가 다가서기 전에는 나에게 오지 않을 확률이 높다는 것.
봄, 당신, 도다리, 쑥, 아지랑이, 혜성, 그리고 내일 밤의 별빛.

옷핀 같은 너는

때론
세파에 시달리며 찢긴
나의 마음을 꿰매어 주기도 하고,

때론
나의 가슴에 환한 꽃을
달아주기도 하는 너

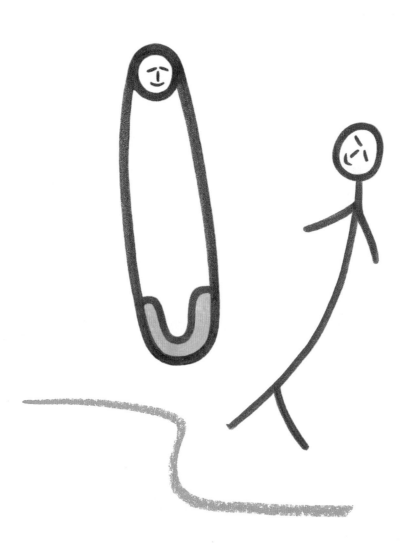

운동장이 되어 줄래?

나는
네 눈 속에서
언제나 씽씽
뛰어다니고 싶어.

언제나
네가 바라볼 수 있는 곳에서만
뛰어놀고 싶어.

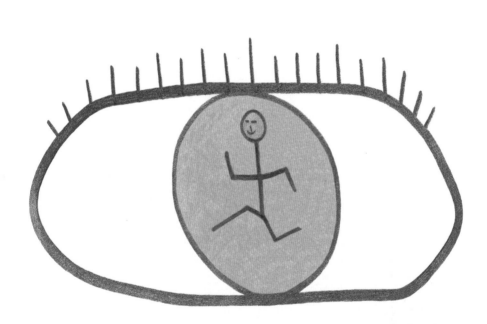

시소를 태워줄게

함께 시소를 탄 적은 없지만,
난 언제나 널
하늘 높이 들어 올릴 준비가 되어 있어.

그래 봤자 30센티미터 위의 하늘이지만
내가 아래에 버티고 있어야만
네가 도달할 수 있는 높이지.

삶이 무겁고 힘들 땐
시소를 태워줄게.

사랑의 나무아미타불

너의 눈망울은
부처님 얼굴이야.
화가 난 내 얼굴도
네 눈 속에서는
언제나
미소를 짓고 있거든.

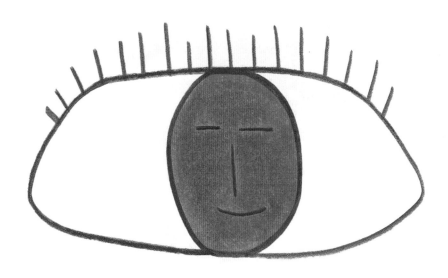

껍질
- 줄탁동시

사랑은
하나의 껍질을 깨고 나오는 것.

너는 안에서
나는 밖에서
서로 자신의 껍질을 깨면서
너를 만나게 되는 것.

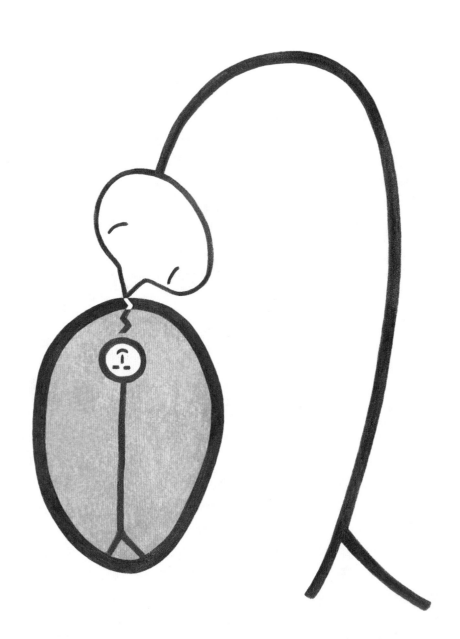

줄탁동시(啐啄同時)라는 말.

병아리가 부화를 시작하면 세 시간 안에 껍질을 깨고 나와야 질식하지 않고 살아남을 수 있다고 한다.

알 속의 병아리가 껍질을 깨뜨리고 밖으로 나오기 위해 여물지 않은 부리로 사력을 다해 껍질을 쪼아대는 것을 줄[啐: 떠들 줄]이라 하고, 이때 어미가 그 신호를 알아차리고 바깥에서 부리로 쪼아 알껍질을 깨뜨리는 것을 탁[啄: 쫄 탁]이라 한다. 줄과 탁이 동시에 일어나야 한 생명이 온전히 탄생하는 것.

사람의 완성은 사랑, 삶의 완결은 죽음

너를 통과해 비로소 나를 발견할 때 사랑은 완성되는 것.

완성된 사랑을 지켜내는 가장 중요한 처방은 이해와 용서.

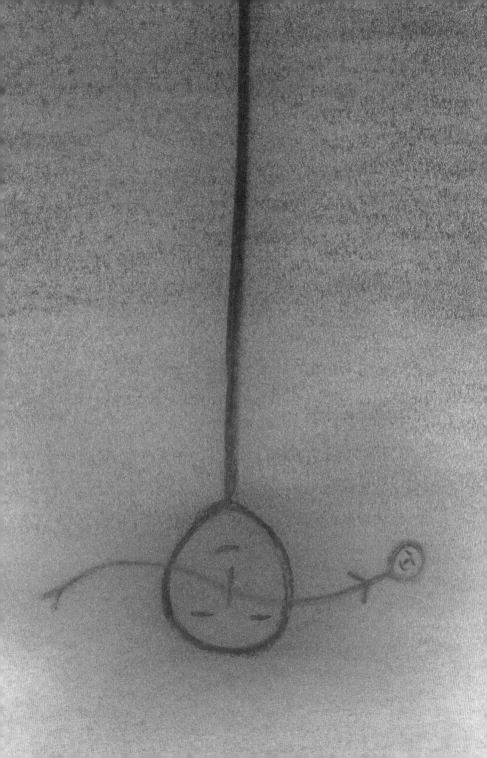

사람의 완성은 사랑이고, 삶의 완결은 죽음이다.

사랑과 죽음은 늘 우리 곁에 있지만, 또한 너무 멀리 있는 것처럼
느껴지는 것은 이 둘이 삶과 한 몸이기 때문일 것이다.

당신과 내가 그러하듯.

닻과 돛이 될게

흔들릴 때마다 말해.
내가 너의 닻이 되어줄게.

떠나고 싶을 때면 말해.
내가 너의 돛이 되어줄게.

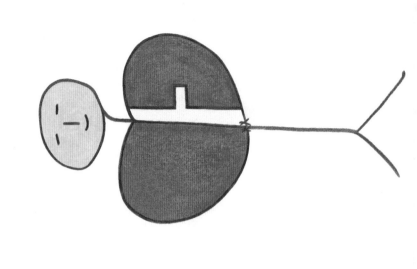

열쇠가 될게

네 마음을 여는
열쇠가 되고 싶어.

말 많은 건 싫어요

말은 강요보다는
권유 같은 것이다.

강요는 물론이고,
배려 없는 권유 역시 남을 힘들게 할 수가 있다.

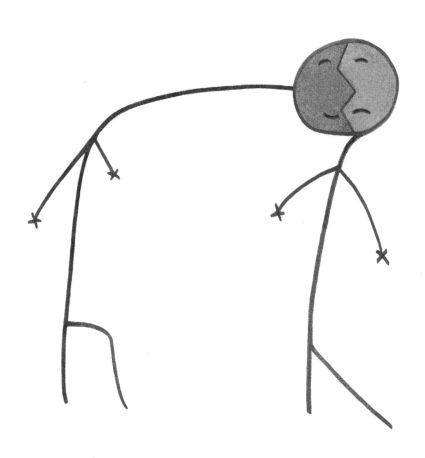

사랑할 땐 가제트 팔!

사랑할 때
우리 마음은
형사 가제트 팔처럼
죽죽 늘어나지.

내 마음 안에서
네가 원하는 건
무엇이든 잡을 수가 있지.

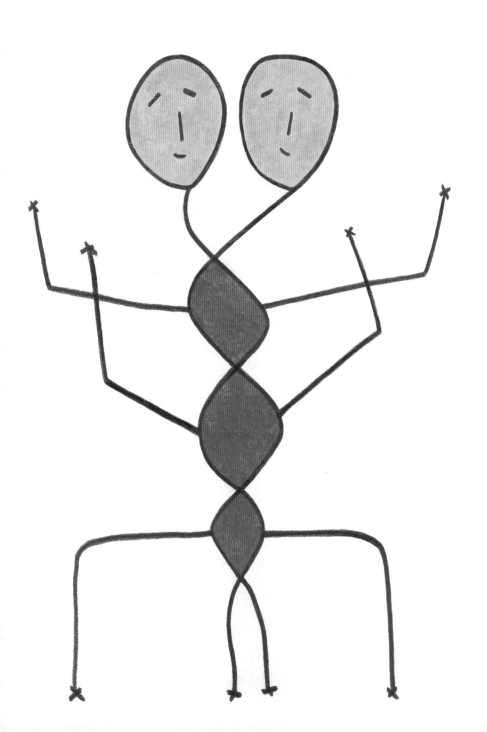

식지 마, 얼지 마, 녹아내릴 거야

추운 겨울에
보일러가 고장이 나도
네 사랑만은
식지 않았으면 좋겠어.

내 가슴에
뜨겁게 불을 때 줘!

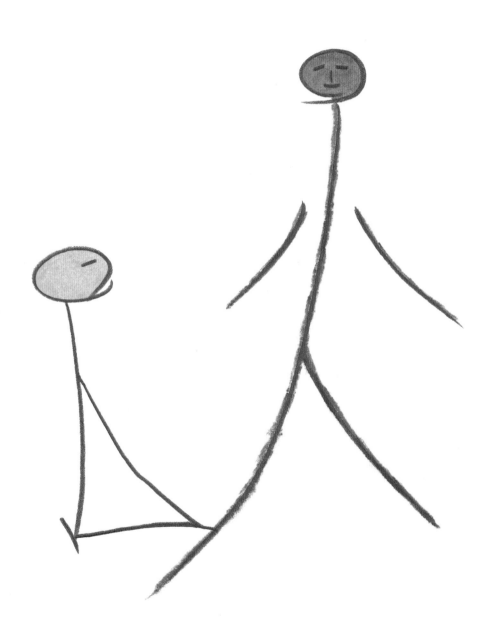

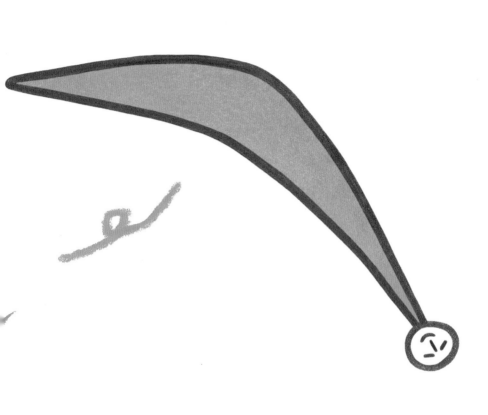

부메랑
- 너에게로 또다시

날 아무리 저 멀리 집어던져도
난 다시
너에게 돌아갈 수밖에 없어.

사랑할 때와 혼자 있을 때

사랑할 때
자기를 지배하는 힘을 상대방에게 맡겨버리면 두려움은 사라진다.

혼자 있을 때
자기를 지배하는 힘은 혼자 있다는 두려움 속에서 나온다.

너에게 가는 길

너에게 가는 길이
미로가 아니었으면······.

나, 너를 만나기 위해
얼마나 먼 길을 돌아서 왔는데······.

사랑한다면
제발, 나를 헤매게 하지 마.

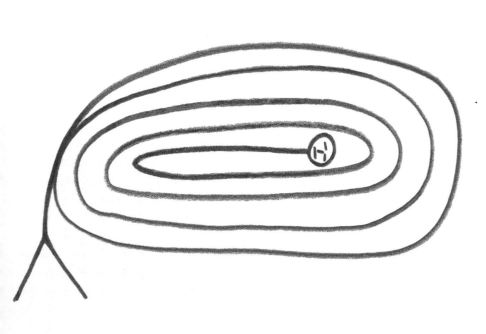

문이 되어 줄게

내가
너의
문이 되어 줄게.

널 지켜주고,
또한 나를 통해
바깥세상으로 향할 수 있도록.

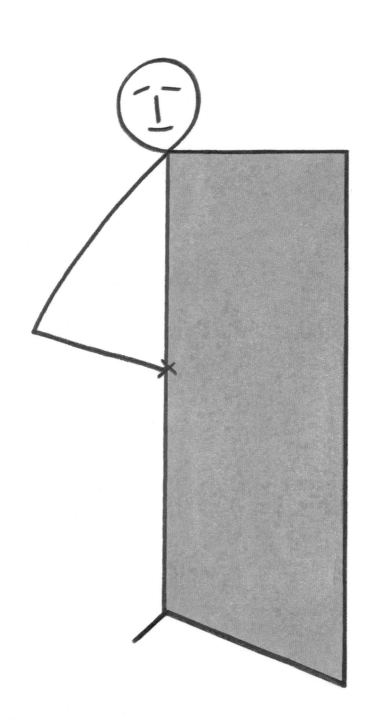

2014, Pencil on paper, 14.8×20.8 cm

2014, Pencil and pastel on paper, 14.8×20.8 cm

2013, Pencil and pastel on paper, 29.5×20.8 cm

2014, Pencil and pastel on paper, 14.8×20.8 cm

2014, Pencil and pastel on paper, 14.8×20.8 cm

2013, Pencil and pastel on paper, 29.5×20.8 cm

2014, Pencil and pastel on paper, 14.8×20.8 cm

2014, Pencil and pastel on paper, 14.8×20.8 cm

2014, Pencil and pastel on paper, 29.5×20.8 cm

2014, Pencil and pastel on paper, 14.8×20.8 cm

2013, Pencil and pastel on paper, 14.8×20.8 cm

2014, Pencil and pastel on paper, 14.8×20.8 cm

2014, Pencil and pastel on paper, 14.8×20.8 cm

2014, Pencil and pastel on paper, 29.5×20.8 cm

2014, Pencil and pastel on paper, 14.8×20.8 cm

2013, Pencil and pastel on paper, 14.8×20.8 cm

2013, Pencil and pastel on paper, 14.8×20.8 cm

2014, Pencil and pastel on paper, 29.5×20.8 cm

2014, Pencil and pastel on paper, 14.8×20.8 cm

2014, Pencil and pastel on paper, 14.8×20.8 cm

2014, Pencil and pastel on paper, 14.8×20.8 cm

2014, Pencil and pastel on paper, 14.8×20.8 cm

2014, Pencil and pastel on paper, 29.5×20.8 cm

2014, Pencil and pastel on paper, 14.8×20.8 cm

2014, Pencil and pastel on paper, 14.8×20.8 cm

2013, Pencil and pastel on paper, 29.5×20.8 cm

2014, Pencil and pastel on paper, 14.8×20.8 cm

2013, Pencil and pastel on paper, 14.8×20.8 cm

2014, Pencil and pastel on paper, 29.5×20.8 cm

2013, Pencil and pastel on paper, 14.8×20.8 cm

2013, Pencil and pastel on paper, 14.8×20.8 cm

2014, Pencil and pastel on paper, 14.8×20.8 cm

2013, Pencil and pastel on paper, 14.8×20.8 cm

2014, Pencil and pastel on paper, 29.5×20.8 cm

2014, Pencil and pastel on paper, 14.8×20.8 cm

2014, Pencil and pastel on paper, 14.8×20.8 cm

2013, Pencil and pastel on paper, 14.8×20.8 cm

2014, Pencil and pastel on paper, 29.5×20.8 cm

2014, Pencil and pastel on paper, 14.8×20.8 cm

2013, Pencil and pastel on paper, 14.8×20.8 cm

2014, Pencil and pastel on paper, 29.5×20.8 cm

2014, Pencil and pastel on paper, 14.8×20.8 cm

2014, Pencil and pastel on paper, 14.8×20.8 cm

2014, Pencil and pastel on paper, 14.8×20.8 cm

2014, Pencil and pastel on paper, 29.5×20.8 cm

2013, Pencil and pastel on paper, 29.5×20.8 cm

2014, Pencil and pastel on paper, 14.8×20.8 cm

2014, Pencil and pastel on paper, 14.8×20.8 cm

2014, Pencil and pastel on paper, 14.8×20.8 cm

2013, Pencil and pastel on paper, 29.5×20.8 cm

2014, Pencil and pastel on paper, 14.8×20.8 cm

2014, Pencil and pastel on paper, 14.8×20.8 cm

2014, Pencil and pastel on paper, 14.8×20.8 cm

그림약국, 마칩니다